Julius Friedlaender

Drei italienische Münzhändler nach dem Englischen Julius Friedlaender

Julius Friedlaender

Drei italienische Münzhändler nach dem Englischen Julius Friedlaender

Unveränderter Nachdruck der Originalausgabe von 1869.

1. Auflage 2024 | ISBN: 978-3-38637-068-4

Antigonos Verlag ist ein Imprint der Outlook Verlagsgesellschaft mbH.

Verlag: Outlook Verlag GmbH, Zeilweg 44, 60439 Frankfurt, Deutschland, info@outlook-verlag.de
Vertretungsberechtigt: E. Roepke, Zeilweg 44, 60439 Frankfurt, Deutschland
Druck: Libri Plureos GmbH, Friedensallee 273, 22763 Hamburg, Deutschland

Drei italienische Münzhändler.

Nach dem Englischen.

1847.

I.

Rusca the lawyer, an exceeding knave. *Pope.*

Signor Avvocato R. ist ein geborener Florentiner. Sein Herr Vater hatte ihn zum Advocaten erzogen, die Natur hatte ihn zum Betrüger erschaffen, und da nun in Italien der eine Beruf mit dem anderen sich wohl verträgt, so widmete er sich beiden zugleich, sammelte nützliche Kenntnisse, und legte den Grund zu seinem Vermögen. Ob er in seinem früheren Beruf der Weise seines gelehrten Vorgängers Paulus, bei Juvenal, folgte, und sein Advocaten-Honorar dadurch vermehrte, daß er mit einem geliehenen Sardonyx am Finger plaidirte, haben wir nicht erfahren, aber seine Leidenschaft für Juwelen wird Niemand bezweifeln, der ihn ohne Handschuh gesehen hat; jeder seiner rothen dicken Finger ist mit einem Edelstein in massiver Fassung umgürtet.

Als er erkannt hatte, daß der Kunsthandel seinem Genie und seiner Erziehung mehr entspräche als die unsichern Entscheidungen des Gesetzes, bewog ihn seine Pietät vielleicht, seine Neigung gewiß, dem Vater nachzuahmen, und alle seine Zeit und das wenige Geld, das er „im Wege Rechtens oder sonst" gesammelt hatte, der Ausübung der „praktischen Archäologie" (wie er es nannte) zu widmen.

Schon bei seinem Vater hatte er die unbegränzte Leichtgläubigkeit einer gewissen Klasse von Käufern kennen gelernt; diese Kenntniß war ein Schatz, welchen er nun zu verwerthen begann. Da er hinreichende Gelehrsamkeit besaß, Horaz citiren konnte und Seneca's Moralvorschriften an den Fingern herzählen, da er den Marktpreis aller Anticaglien aus Uebung kannte, und obenein mit einer schönen Zungenfertigkeit begabt war, so mußte er wohl sein Glück machen, und er ist nun in Italien berühmt als ein mezzo galant'uomo von vorzüglicher Geschicklichkeit und großem Tact. Mezzo galant'uomo, wie manch' anderen italienischen Begriff, kann die deutsche Sprache „arm und plump" nicht wiedergeben; was soll sich ein Deutscher bei „halbehrlich" denken?

In Rom übertraf er bald die Meister seiner Kunst, der Kunst unsichere Waare so billig zu kaufen als Falschheit von Unwissenheit oder Armuth kaufen kann, und sie zu so theurem Preise zu verkaufen als Leichtgläubigkeit der List bezahlt. Seine ungewöhnliche Schlauheit machte es wirklich unterhaltend mit ihm zu verhandeln, wenn man seinen Mann kannte; wenn nicht, so mochte es leicht eine kostbare Unterhaltung werden.

Unsere Bekanntschaft mit ihm begann in der vollen Blüthe seiner Macht, und köstlich war es, wenn er in Gegenwart von Kunden falsche Zeugen, die ihm sogenannte Antiken zum Verkauf anboten, über Fundort und dergleichen auf Advocatenart in's Verhör nahm, natürlich nur zum Schein. Wie log er dann! Und was für Lungen hatte er! Welche Zungengeläufigkeit, welche Gesticulation! Oder auch ein anderes Mal zu sehen, wie er eine falsche Münze oder Bronze betrachtete, wenn einer seiner schlauen Collegen sie ihm brachte, statt der Patina mit dem schönen Firniß des Gargiulo überzogen. Wie er sich nicht anführen ließ, wie er instinktmäßig wußte, daß es ein Betrug war, und sich gar nicht die Mühe gab, den Firniß anzufeuchten, um die Täuschung darzuthun. Gleich allen Betrügern gab er sich unglaubliche Mühe zu beweisen, daß es auf Erden keinen redlicheren Mann gäbe als ihn, und wenn er nun endlich glaubte seinen Zuhörer von diesem Axiom überzeugt zu haben, pflegte er wohl mit moralischem Zorne über diejenigen seiner Genossen zu sprechen, welche als notorische oder bestrafte Betrüger allbekannt sind. Dabei versicherte er fortwährend, daß es ihn schmerze, Zeugniß gegen seinen Nachbar abzulegen, aber es sei doch Pflicht jedes redlichen Mannes, Missethäter zu entlarven. Einmal, als er uns eine Anzahl schöner Münzen zum Verkauf anbot, sagten wir, wir müßten zuvor ihre Schätzung in Mionnet's Werke nachsehen. Da fragte er mit einem Blick von erschreckter Redlichkeit: ob wir wirklich wüßten, was wir da sagten, „Mionnet war ein Franzos, kannten Sie jemals einen redlichen Franzosen?" „„O ja, doch einige unter den 36 Millionen."" Dann, müsse er bekennen, wären wir glücklicher als er, er habe niemals einen gekannt. Mionnet's Buch sei in einer abscheulichen Absicht geschrieben, es sei während der französischen Occupation von Italien erschienen, zum gemeinsamen Vortheil des Herrn Mionnet und der Pariser Sammlung. „Ich gebe zu, sagte unser Advocat, daß die Franzosen vielleicht nichts beabsichtigten, als die reichste Münzsammlung in Europa zu besitzen, und darin liegt nichts unrechtes, aber war es ehrenwerth, war es recht, daß man diesen Mionnet veranlaßte, so niedrige Preise für seltene Stücke anzusetzen (für solche zum Beispiel als ich die Ehre habe Ihnen hier zu zeigen), und dann dies mißleitende Buch in die Welt zu schicken? Dies Werk, damals das einzige Hülfsbuch, war in den Händen aller Myrmidonen Mionnet's, dies (er schlug emphatisch mit der beringten Faust auf unser Exemplar), dies Buch ist die Schande von Frankreich, der Ruin von Italien! Ich wünschte, Sie hätten meinen verewigten Freund den großen Sestini über diesen Mann und seine Preise gehört; mit größerem Abscheu, ich versichere Sie, sprach er davon, und mit größerem Recht, weil er soviel gelehrter war als ich. Aber hören Sie jetzt; wenn Sie mich nicht für eitel halten wollen, will ich Ihnen den Unterschied zwischen Redlichkeit und Unredlichkeit zeigen. Ich wünschte, ich hätte nicht von mir zu sprechen, aber die Wahrheitsliebe zwingt mich, hier meinen Namen anzuführen. In der letzten Woche kommt der reiche und liebenswürdige Lord B. — kennen Sie ihn?" Natürlich, wer wird einen Lord nicht kennen — „kommt zu mir, einige Goldmünzen zu kaufen. Eine von den gewählten war eine goldene Familienmünze von Becker, also nur das Goldgewicht werth. Er hatte dies Stück für zehn Napoleonsd'or gekauft, und wir gingen zu seinem Bankier, die Rechnung zu berichtigen. Nachdem ich dort mein Geld empfangen, bitte ich ihn, die Münzen, die er eben gekauft hat, mir noch einmal zu zeigen, es war etwa ein Dutzend Stücke, und den Becker herausnehmend, schiebe ich ihm zehn Napoleons zurück und sage: diese Münze kann ich Ihnen nicht verkaufen, Milord. Warum? sagt er überrascht und verdrießlich. Weil sie falsch ist, Milord. — Und ich war recht betrübt, wie sehr der gute unerfahrene Lord B.

über diese Aufklärung erschrocken war." „„Und was ist nun aus der Münze geworden?"" fragten wir neugierig. „Hören Sie weiter, zwei Tage darauf kam Coco — Sie kennen Coco?" Wir lächelten; Coco nicht kennen? kennen wir Sanct Peter, kennen wir den Papst? für wen hält uns Signor R.? „Er kam, fährt R. fort, zu sehen, ob ich nicht einige besonders schön gearbeitete Falschmünzen hätte, denn er wisse eine Person, die für etwas derartiges ganz geeignet sei; sobald er diesen Becker sah, mußte er ihn haben, er wäre gerade wie geschaffen für Lord V. Und so überließ ich die Münze dem Coco für den doppelten Goldwerth, also noch nicht für ein Fünftel dessen, was Lord V., wie ich wußte, dafür bezahlen würde, wenn er sie abermals als unzweifelhaft ächt kaufte. Damit aber dieser Bösewicht Coco nicht etwa meinen Namen antasten könne (denn er ist zu allem fähig), damit er nicht sagen könne: Avvocato R. habe ihm eine falsche Münze als ächt verkauft, sehen Sie, hier ist ein Document mit seinem Namen darunter, welches ich ihn damals unterzeichnen ließ: er habe wissentlich die Münze als eine falsche gekauft. Heute traf ich ihn, er war sehr vergnügt über Lord V.'s Freigebigkeit, der die Münze von ihm gekauft hat!"

Dies ist ein Beispiel von R.'s Bekenntnissen und von seinen etwas seltsamen Ansichten von Redlichkeit. So klug er ist, er übersah, daß aus der Erzählung seines rühmlichen Verfahrens deutlich hervorging, er habe doch geholfen den Lord zu täuschen. Einmal übrigens vergaß sich unser redlicher Freund auch bei einem Ankauf, den wir von ihm machten. Kein Wunder, denn wir hatten ihm unvorsichtig Gelegenheit dazu gegeben. Es war ein Winter-Nachmittag, es dämmerte schon, und unser etwas dunkles Zimmer begünstigte die Täuschung. Wir hatten auch eine Einladung zu einem Diner, es ward spät und wir waren etwas eilig. Aber denselben Abend noch, als wir aus der Gesellschaft heimkehrten, hatten wir unsere Ankäufe betrachtet, den Fehler bemerkt, und sogleich beschlossen, ihn womöglich zu verbessern. Wir überlegten, was wir an Statt des zurückzugebenden falschen Stücks von R.'s Münzen wählen wollten, und früh am nächsten Morgen erschienen wir in seiner Locanda della Speranzella, überraschten ihn im Schlafrock, und durch diesen kühnen Ueberfall erreichten wir zuletzt unser Ziel, aber kaum — denn während die neu gewählte Münze und die von gestern Abend auf seinem Tische neben einander lagen, um ausgetauscht zu werden, die eine ächt und schön, die andere gleich ihm selber, sahen wir seinen Blick von dem einen zum anderen Stück rastlos wandern. Dreimal in einer Minute wechselte er die Farbe, er hustete, er zögerte, cospetto, er wünschte, wir hätten unsern Entschluß gestern Abend gefaßt, abermals cospetto, endlich: er wolle sich überlegen, ob er die beiden Münzen gegen einander austauschen könne. Da überließen wir es ganz ernsthaft seiner Ehre, und durch die überraschende Extravaganz dieses Compliments siegten wir. „Er habe uns noch niemals angeführt (dies war richtig, denn wir waren sonst ungemein vorsichtig gewesen), würde er nach so langer und angenehmer Bekanntschaft jetzt wohl sein Betragen ändern? es sei noch gewiß —" Wir eilten, ihm die Versuchung aus den Augen zu bringen, und meinten, als wir nach Haus gingen, daß wir diesen Morgen ein großes und schweres Stück Diplomatie ausgeführt hätten, und dankbar waren wir dem heilenden Apoll, der uns beigestanden hatte, den Priester des Mercur zu besiegen.

II.

adspice quanta
Voce negat, quae sit ficti constantia vultus.

Iuvenal. sat. VII.

Wir schneiden unsere Feder frisch, ein wenig über den Erz-
betrüger zu schreiben: Coco, den Falschmünzer. Wenn nicht das
Ministerium der drei Brüder zu Neapel so lange geblüht hätte, dieser dreiköpfige Cerberus, von dem das Volk sagte:

> tre santi angeli a noi recan più danno
> che trenta orrendi demonj non fanno,

wenn nicht das Glück dieser Brüder einem solchen Schluß zu wider-
sprechen schiene, so könnte man glauben, daß Coco so arm, so
bettelhaft, so tief verachtet lebe, um die Wahrheit des alten Sprich-
worts zu beweisen: daß Ehrlichkeit die beste Politik ist. Coco ist
die eingefleischte Listigkeit und Betrügerei, der Fuchs der Füchse,
der Talleyrand seiner Zunft. Er hat der Reihe nach alle Kunst-
händler betrogen, er hat auch der Reihe nach die inneren Einrich-
tungen aller Gefängnisse im Königreich kennen gelernt. Seine
Jugendgeschichte ist dunkel, man sagt, daß er als Mönch aus dem
Kloster entlaufen, als Soldat vom Regiment desertirt sei. Bei der
Anfertigung eines falschen Zoll-Stempels zeigte sich sein Talent zuerst, und nun ist der kleine magere gelbe Mensch durch die Macht
dieses Talents im Stande, allein, gleich Napoleon, das Feld gegen
eine Schaar von Nebenbuhlern zu behaupten, welche vergebens ihn
zu vernichten suchen; und wenn er nicht etwa irgendwo eingeriegelt
ist, so ist das Publikum immer in gespannter Erwartung, wer sein
nächstes Opfer sein wird. Cicero's Rede für Milo ist nicht besser
als Coco's Rede für Coco, und sie das erste Mal vortragen zu

hören, ist ein wahrhaft klassischer Genuß. Er scheint sich jene Rede zum Muster genommen zu haben, indem er ebenso wie Marcus Tullius für seinen Clienten, mit einer entschiedenen Verneinung der gegen ihn erhobenen Anklagen beginnt, aber da er im Verlauf seiner Rede daran verzweifelt, seine Redlichkeit völlig zu erweisen, verwandelt er gleichsam das Zimmer in ein Tribunal, läßt Ankläger auftreten, und sucht ihr Zeugniß zu erschüttern, indem er beweist, daß sie ebenso große Schurken sind als er selber. „Coco, wiederholen Sie doch ein halb Dutzend von jenen Vertheidigungsgründen Ihrer Thaten, Sie wissen ja, mit denen Sie mich schon einige Mal erfreut haben, nicht die ganze Rede, Coco, wenn es Ihnen möglich ist." „„'ccenza si, ich sage, daß ich meiner Zeit vorangeeilt bin; wäre ich in Frankreich oder England geboren statt in Neapel, so würde ich jetzt nicht Coco der Betrüger, der Dieb, der birbone heißen, sondern Sir Giuseppe Coco oder Monsieur le Marquis de Coco. Was habe ich eigentlich verbrochen? Und wie hat man mich behandelt! Sobald ich irgend eine neue galanteria erfunden habe, elegant, klassisch, von sicherem Erfolg, so reicht es hin, „Coco" zu flüstern, um sie in Mißcredit zu bringen; gleich entsteht ein großes Geschrei, und wie Galilei werde ich ins Gefängniß geworfen. Kenntniß ist Macht, ja, aber nicht in Neapel, meine Landsleute wissen recht wohl, daß ich Kenntniß genug habe. Es ist zuviel Kenntniß, was mich in all meine Abenteuer, in alle Nöthen gebracht hat. Bezweifeln Sie das, signor? Warum ward ich zum ersten Mal ins Gefängniß gesteckt? Nur weil meine Münzen häufig den Münzen Seiner Majestät vorgezogen wurden, weil er fürchtete, meine Ferdinandi möchten die seinigen vom Markt verdrängen. Hätte ich dasselbe in Ihrem Vaterlande gethan, ich glaube, man hätte mich zum General-Wardein gemacht. Aber genug davon. Als ich es nun aufgegeben hatte, Ferdinandi zu schlagen, und Domitiane münzte, was Teufel ging das den König beider Sicilien an? hatte ich doch nicht seinen Namen um jenes Tyrannen Haupt geschrieben. Und doch sendete er mich zum zweiten Mal ins Gefängniß. Sehen Sie aber hier, wie fein ich mich zu rächen weiß. Hier auf diesem Grano, Ferdinand's Kopf auf der einen Seite, und auf der anderen eine concordia Augustorum, wo er und „ein Anderer" über der Flamme eines Altars einander die Rechte reichen, er möchte gern seine Hand aus der Gluth ziehen, aber des „Anderen" Kralle hält fest. — Dann zum dritten Mal wanderte ich ins Gefängniß wegen der vier schönen Pferde von Bronze,

deren Alter ich vergessen hatte, und die ich dem Minister als antik
verkaufte. Er nahm es übel, viel zu sehr, und seine Rache dauerte
lange, anderthalb Jahre wohnte ich im alten Schloß von Gaeta;
doch es bekam mir wohl, und ich möchte nicht mit ihm tauschen;
er ist oft krank, er ißt zu viel, und ich segne unseren guten San
Gennaro, daß er mich arm bleiben läßt. Und auch dafür muß
ich meinem heiligen Schutzpatron danken, daß wenn auch die Leute
sagen, ich löge und betröge (was ich auch vielleicht ein wenig
thue), daß man niemals von mir sagt, wie von jenem: ich sei
grausam — mai. Und was das sogenannte Betrügen betrifft, wenn
wir ihm kühn ins Antlitz schauen, und zusehen in welcher Gesellschaft wir betrügen, warum sollte ich mich dessen schämen, was hier
in Neapel alle Welt thut, von Ferdinand bis zu Beppo Tuzzi auf
der Mergellina? Hat nicht Ferdinand noch vor ein paar Jahren
die Engländer bei der Schwefelfrage zu übervortheilen gesucht? Und
wäre es ihm nicht auch gelungen, wenn sie nicht den Schwefel mit
etwas Salpeter und Kohle vermischt, und die Schwefelfrage in eine
Schießpulverfrage verwandelt hätten? „„Das ist richtig, Coco,
aber nun sagen Sie mir, was für Netze Sie jetzt ausspannen.““
„Sehen Sie hier“ und Coco zeigt uns ein kleines Glasgefäß von
seltener Form, über und über in dem schönen Farbenspiel des antiken Glases schillernd. „Ist es nicht schön?“ fragt er. „„Ja, und
wohl auch antik, die Decomposition des Glases und die elegante
Form beweisen es.““ „Wohl,“ hohnlächelt er, er wolle gerade ein
eben solches in unserer Gegenwart machen, wenn wir wünschten.
„E fatto subito; ja, jetzt nachdem ich den Leuten gezeigt habe, wie
es gemacht wird, geht es damit gerade wie damals, als jener große
Admiral, quel famoso Cristoforo Colombo —“ „„Schon gut, Coco,
lassen Sie Columbus' Ei nur bei Seite.““ „Ah so, Eccellenza
kennt die Geschichte, merk' ich. Nun sehen Sie, hier ist ein Thon-
gefäßchen, von einer antiken Glasvase abgeformt, hier ein kleines
Paket, und hier ein wenig Gummiwasser, das genügt.“ In dem Pa-
ketchen, als er es öffnete, sahen wir eine Quantität buntfarbigen, von
antiken Glasscherben abgeschabten Glasstaubes. In einem Augen-
blick hat Coco sein Thongefäß mit Gummi befeuchtet und dann in
dem Glasstaub gewälzt, so daß es nun in den reichsten und glänzend-
sten Regenbogen-Farben spielt, während der Thon nirgends mehr
sichtbar ist. „Eccolo, sagt er, indem er sein hübsches Product mir
in die Hand giebt, glauben Sie wohl, daß ich für solche Erfindung
wiederum, zum zwanzigsten Mal, ins Gefängniß geschickt worden

bin?" In der Furcht, sein schillerndes Glas möchte unseren mora-
lischen Sinn blenden wie unsere Augen, wechselten wir das Gespräch.
Wir hatten diesen Morgen eine gute Geschichte gehört, die Sache
Coco contra Casanova, in welcher der erstere seinen schlauen Collegen an Schlauheit besiegt hatte. Die Details hatte uns Casanova
selber folgendermaßen erzählt: „Coco — Sie kennen Coco? Coco
zeigt mir eines Tages bei Mazzola in der strada de' orefici eine
Münze, die er auf den Ladentisch so hinwirft, mit der Frage welchen Preis er wohl darauf setzen solle. Wie ich sie in die Hand
nehme lese ich auf der Kehrseite ΥΕΛΗΤΩΝ, was wie alle wissen
mit dem Typus des Löwen von Velia alltäglich ist, aber diese
Münze hatte statt des Löwen einen Pegasus. Da ich wußte daß
der Schalk mich scharf ansähe um seine Forderung nach der Größe
meines Erstaunens abzumessen, fragte ich wie zweifelnd, ob er von
ihrer Aechtheit ganz überzeugt sei, während ich selbst nicht daran
zweifelte. „„Seltsam daß ein tiefer Kenner wie Signor Casanova
so fragt; Sie bezweifeln die Aechtheit nicht, aber wenn Sie meinen
will ich San Giorgio um sein Urtheil fragen.““ „Da ich fürchtete, dann möchte mir San Giorgio die Münze vorweg kaufen, so
gestand ich, ich hielte sie für ächt, und fragte ihn um den Preis."
„„Er habe 50 Piaster abgelehnt, für 70 stände sie zu Diensten.““
„Natürlich war ich erstaunt, und bot 40, ist das genug?" „„Nein,
redliche Männer haben nur einen Preis, 70 habe er gesagt, 70
wiederhole er.““ „Ich kaufte die Münze, bezahlte, nahm sie mit
nach Haus, schlug meine Bücher nach — kein solcher Typus zu
finden; gelehrte Freunde die mich besuchten kannten nichts dergleichen,
sie wurde als ein Unicum anerkannt. Eine feierliche Sitzung unserer
archäologischen Akademie stand bevor, ich beschloß eine Abhandlung
über mein Prachtstück zu lesen, in drei Wochen war sie vollendet,
reich an schlagenden Conjecturen, die Verbindung Velia's mit Korinth
wurde nachgewiesen, dazu un fior di citazioni. Ich ging früh in
die Sitzung, wir warteten eine Viertelstunde auf den Principe di
San Giorgio. Sehen Sie, sagte ich, und weiter nichts, indem ich
ihm die Münze in die Hand gab. Er schien höchlich überrascht,
bald sah er mich an, bald die Münze, ich dachte er wolle mir ein
Gebot thun, endlich sprach er: „„Vortrefflich! Casanova hat das
Glück von Santangelo.““ Nach einer solchen Aeußerung konnte
ich wohl bescheiden sein und gestehen, es sei nur ein Zufall daß ich
die Münze zuerst gesehen. „„Nicht zuerst, Casanova, sagte der
Principe, ich sah sie zuerst, Sie aber gleich nach mir, glaub' ich.““

„Sie, rief ich entsetzt, Sie haben diese Münze gesehen und nicht gekauft?" „„Sie war zu theuer, und außerdem erzählte mir Coco, er habe sie ausdrücklich verfertigt für das Cabinet di quel dottissimo suo amico Giovau-Battista Casanova.""

„Das ist alles ganz wahr," sagte Coco, als ich ihm dies wiedererzählte, vergnügt sich die Hände reibend, „ich kann mit jedem von ihnen machen was ich will." „„Nur, Coco, lügen können Sie nicht, und die Numismatiker betrügen."" „Caro lei, das sind gerade die Dinge die ich am liebsten und am häufigsten thue." Bewunderungswürdige Offenheit! —

„Was ist aus Coco geworden?" fragten wir einen orefice, als wir einige Jahre später wieder nach Neapel gekommen waren, und, da er uns nicht besucht hatte, glaubten, er spiele wieder Baron Trenck; wir waren daher nicht wenig überrascht zu erfahren daß er nun einen stattlichen Laden halte, gemeinschaftlich mit einem achtbaren Manne, und daß sich seit fast einem Jahre nichts ereignet habe seinen alten Ruhm zu erneuern. Den Laden, dessen Außenseite viel versprach, hatten wir schon bemerkt, aber zu besuchen noch nicht Zeit gefunden; er lag oben am Toledo, linker Hand wenn man nach den Studj geht. Campanische Vasen waren auf allen Schildern gemalt, Bruchstücke von Statuen und Reliefs an der Front des Hauses eingemauert, vor jedem Fenster ein gewaltiger Schaukasten angefüllt mit Seltsamkeiten aller Art seit der Sündfluth her, alles unter dem Schutz von starken Drathgittern. In einem Winkel des Ladens (wir sind nun eingetreten) las eine kleine noch jugendlich gekleidete Frau mit einer blauen Brille im Manzoni, oder war über ihm eingeschlafen (denn die erwähnte Brille verhinderte uns dies zu erkennen), während im entgegengesetzten Winkel ein alter Mann in einem großen Stuhle saß und von Zeit zu Zeit aufseufzte. In dem Hinterzimmer lauerte, giftigen Blicks einer Tarantel gleich, Coco selber; obgleich eifrig beschäftigt Terracotten welche ausgestellt werden sollten zu reinigen, war er doch so aufmerksam auf alles was im Laden vorging, daß er vor uns stand als wir die Thür kaum geschlossen hatten. „Guten Tag Coco, man sagt mir Sie seien ein redlicher Mann geworden, wie befinden Sie sich bei dieser neuen Lebensweise?" „„Schlecht"" seufzte der alte Mann hinter uns. „Thorheit, rief Coco, wer hat jemals gehört daß man plötzlich reich wird? wer gewinnen will muß wagen, necesse est facere sumptum qui quaerit lucrum, wie Plautus trefflich sagt." „„Sie mögen lustig sein Coco, erwiderte der Alte, Sie haben nichts zu verlieren, weder an Geld noch an Ruf, aber mir altem Manne sind Bankrott und Gefängniß neue Dinge."" „Wieder Thorheit, noch gehen Sie ja nicht ins Gefängniß." „„Niemals, hoffe ich,"" sagte die träge kleine Frau. „Ach, hätte ich meine 5000 Thaler doch wieder, und mein Haus in Sorrent, das ich auf Ihr Andringen verkauft habe um die Ausgrabungen in Calvi zu machen, welche nichts zu Tage gefördert haben als ein paar elende Lampen und Haufen von Thränengläschen." „„Lassen Sie die Vergangenheit endlich ruhen, es wird schon besser gehen; wer weiß wie viel dieser Herr von uns kaufen wird; sehen Sie, zu Ihnen wär' er niemals gekommen, wenn er nicht schon mit mir bekannt gewesen wäre. Nicht wahr Signor? Ah, da sind hübsche Sachen hier"" fuhr er fort indem er unseren Augen zu einem Schranke folgte. „Wo stammen sie her?" fragten wir indem wir näher heran traten, denn die Stücke kamen uns bekannt vor. Ehe Coco die passende Lüge schmieden konnte, fiel der Alte ein: „Aus Barone's Laden," sie hätten 70 Ducati gekostet

Alles bestätigte des alten Mannes Klagen, er hatte wirklich auf Coco's Rath Ausgrabungen gemacht, die einige werthlose Anticaglien gebracht hatten, und als dadurch sein Interesse und seine Habsucht geweckt waren, hatte er seine hübsche Besitzung in Sorrent verkauft, das Land verlassen, den theuren Laden gemiethet, und hatte es Coco übertragen ihn mit Waaren zu füllen. Man glaubte allgemein in Neapel, daß in weniger als einem Jahre der Laden wieder zu vermiethen, Coco dann eingeriegelt, der alte Mann im Schuldgefängniß gestorben sein werde. Was aus der Dame mit der blauen Brille werden soll, daran dachte niemand.

Als wir eine Stunde später in unser Wirthshaus in Santa Lucia zurückkehrten, fanden wir schon Coco im Thorweg uns erwartend; da wir ihn einluden uns die Treppe hinauf zu folgen, sah uns der Portier fragend an, beruhigte sich aber bei unserem Gegenblick, und als er hörte daß wir Coco bei Namen nannten. Schon auf der Treppe konnte er einige kurze Bemerkungen nicht unterdrücken: „ah che bella roba! medaglie consolari bellissime, fior di conio! für eine Kleinigkeit, für drei Carlini hab' ich sie gekauft, Sie sollen sie für drei und ein halb haben. Sie, Signor, der Sie sich darauf verstehen, sollen urtheilen ob ich diesmal lüge." Unterdeß waren wir ins Zimmer getreten, der schmutzige Beutel ward aufgebunden, und ein Haufen von Consularmünzen kam zum Vorschein, die uns gleich ungemein bekannt vorkamen. „Nehmen Sie sie, tutte quante, zu drei und ein halb Carlini das Stück." Nein, auch

nicht für zwei Carlini, Coco, erwiderten wir, die Münzen fortschie-
bend. Er fragte verwundert, ob wir sie denn nicht für ächt hielten,
der calabresische Marchese, von dem er sie gekauft, habe ihn auf
seine Ehre versichert, sie seien auf seinem Gute gefunden worden,
ob wir sie wirklich nicht kaufen wollten? „Nein gewiß nicht, denn
erst vor zwölf Stunden habe ich dies werthlose Zeug einem Gold-
schmidt für den Silberwerth zum einschmelzen verkauft, es ist der
Ausschuß aus einer kleinen Sammlung, die ich auf meiner Reise durch
die Provinzen ganz habe kaufen müssen. Sie müssen also Ihr Glück
wo anders versuchen, Coco." Mit bewundernswürdigem Gleichmuth
schüttete sie Coco wieder in seinen Beutel und sagte: es sei ein
Mißverständniß. Obgleich er nun wußte daß wir ihn diesmal
ganz durchschauten, war er gar nicht verlegen, er zuckte die Achseln,
verzog die Winkel seines ungemein beweglichen Mundes, und sagte
nur: „Pazienza, ein Handel ist ein Handel, wir werden klüger wie
wir älter werden." Damit empfahl er sich.

III.

Fidarsi è bene, ma non fidarsi è meglio.

Wir steigen heut den Hügel hinan der die Studj überragt; biegt man den Incurabili gegenüber von Straba Furia links ab, so trifft man bald einen Brunnen, welcher reichlich aus der Urne einer antiken Figur strömt, die in ihrer Jugend einen liegenden Flußgott dargestellt hat. Grade über ihr ist ein Madonnenbild in luftigen Farben an die Mauer gemalt, frische Blumtn stehen davor. Wir sind am Ziel, eine steinerne Spindeltreppe mit Kaiserbüsten verziert führt uns in eines der oberen Stockwerke. Aus dem offenen Treppenfenster überblicken wir einen großen Theil der Stadt, den Hafen, darüber den Vesuv und die Küste bis Capri; die Aussicht von dieser Höhe steht der von Capodimonte nicht viel nach. — Eine glänzende Messingplatte mit dem Namen B. ist an der dunkelgrünen Thür befestigt, ein langer schmutziger Strick hängt aus einer Oeffnung der Thür oben herab. Berührt man ihn, so hört das Schellen der mächtigen Glocke gar nicht wieder auf, bald sieht man einen Riegel sich heben, den eine unsichtbare Hand an einem anderen Strick in die Höhe zieht, die Thür öffnet sich, und wir treten in einen engen dunklen Gang, noch mehr verengt durch zerbrochene Büsten, Reliefs, und Inschriften die alle mit Dis Manibus beginnen. Sind wir bei all diesen Steinen des Anstoßes glücklich vorübergegangen, so stehen wir abermals am Fuße einer kleinen Treppe, eng, dunkel und wie der Gang mit Alterthümern barricadirt. „Chi c'è?" ruft eine schrille weibliche Stimme von oben. „Amico" und wir steigen hinauf. Oben befinden wir uns der hübschen Inhaberin der Stimme gegenüber, sie begrüßt uns freundlich, bietet einen Sessel, versichert der marito werde gleich erscheinen, setzt sich gegenüber, und nun beginnt eine Reihe ausführlicher Fragen, unter denen die über die Geographie und das Klima unseres Vaterlandes niemals fehlen. Bald erscheint Herr B. Beim ersten Blick kennt man einen Theil seiner Biographie, er hat nach einem langen und erfolgreichen Handel mit Alterthümern eine junge und hübsche Frau erworben.

Wenige Antikenhändler in der That haben mehr Unternehmungsgeist gezeigt als B. In seiner Jugend besaß er ein kleines, sehr kleines Vermögen, aber er ließ es nicht in Cigarrenrauch und farniente aufgehen, wie die heutige italienische Jugend pflegt, sondern unternahm, zwanzigjährig, im Anfange des Jahrhunderts eine Reise nach Aegypten, und da er die Pyramiden nicht kaufen konnte (sie waren zu groß für seinen Mantelsack), ging er nach Griechenland, nach Sicilien, plünderte wie Verres Syrakus und Agrigent, und verkaufte nach der Rückkehr seine Schätze sehr vortheilhaft in Frankreich und England, ging wieder und wieder auf Reisen, und kehrte jedesmal wie eine fleißige Biene beutebeladen heim. So ward er allmählig reich und alt, aber seine Schätze gewannen das Herz seiner jetzigen Gemahlin; sie begleitet ihn nun fast immer auf seinen antiquarischen Feldzügen, und die Ehe ist für eine italienische recht glücklich. Herr B. ist wirklich der redlichste seiner Zunft, nur behandelt auch er zuweilen die Wahrheit wie Modellir-Wachs.

Eines Tages, als wir durch häufige Besuche mit dem Paare näher bekannt geworden, hatten wir einen größeren Ankauf von schönen griechischen Münzen abgeschlossen, und saßen nun plaudernd um ein großes Kohlenbecken, von dessen Oberfläche die Asche mit dem Oehre eines Schlüssels von Zeit zu Zeit abgezogen wurde; Herr B. zeigte uns, dankbar und gefällig, die schönsten seiner campanischen Vasen, wir mußten ihr leichtes Gewicht bewundern und sie erklingen lassen; dazwischen unterhielt uns die Donna in großer Toilette — es war ein Festtag und sie hatten beide des berühmten Padre S.'s Predigt gehört — von Religion. Sie fragte, ob wir auch in der Kirche gewesen, wollte die evangelische, gerade wie ihr König, nicht anerkennen, und bat uns, doch einmal Padre S. predigen zu hören. „Es war eine so schöne Predigt über: Was ihr nicht wollt daß Euch geschehe, das thut auch keinem anderen. Ich wünschte, C-i hätte die Predigt gehört" setzte sie hinzu. „Corpo di bacco, sagte Herr B., er hätte darum nicht weniger den M. R. mit dem famosen

Pallaskopf betrogen, den er ihm als eine antike Gemme verkaufte, da er doch wußte sie sei von Calandrelli. Gute Predigten sind weggeworfen für manche Menschen." „„Ja, seufzte die Dame, aber wir mögen sie uns selbst zu Herzen nehmen."" „Thu es nur, erwiderte der Gemahl, und gieb nicht so viel Geld für Putz aus." „„Warum denn, ist es nicht recht wenn Frauen immer reinlich und hübsch gekleidet sind?"" „Reinlich! murmelte er achselzuckend halb zu uns gewendet, ja, sie wäscht sich täglich, und die Hände zweimal, ich weiß nicht was das soll, ich thue es nie. Hübsch gekleidet! aber meine armen quattrini! Ma che volete, son donne!" Ehe wir Zeit hatten die arme Frau wenigstens für das Händewaschen zu entschuldigen, öffnete sich die Thür und herein trat, leise und höflich, der alte Padre S., dessen Predigt auf unsere Freunde so tiefen Eindruck gemacht hatte. Wir saßen nun alle um das Kohlenbecken, Herr B. und seine Frau allein sprachen, sie ergossen sich in eine Fluth von Lobeserhebungen über den Padre, „es war eine göttliche Predigt, St. Paul selber hätte nicht eindringlicher nicht schöner sprechen können." Da erklingt die Thürglocke abermals, zwei neue Besucher treten ein, ein junger italienischer Freund oder Verwandter des Hauses, und ein vornehmer englischer Gentleman, welcher kommt: in Eile zu kaufen um in Muße zu bereuen. In zwei Minuten theilen wir mit dem Padre das Schicksal ganz übersehen und vergessen zu sein, beide eben noch so sehr geehrt, der eine als ein guter Kunde, der andere als ein guter Prediger. Madame unterhält sich mit ihrem Vetter, Herr B. mit dem Engländer. Wir hörten den Lord fragen, ob die Vase da antik sei, und Herrn B. es versichern. Wie, fragten wir uns im Stillen, diese Vase, die Malereien sind ja kaum trocken geworden! Des Engländers unglückliches Auge fiel auf eine Büste, welche er am besten in England zum Chausseebau verwenden mag. Zwei Worte, drei Silben, und der Kauf ist geschlossen. „Chi?" Julius Caesar natürlich. „Quanto?" Zwanzig Napoleonsd'or. O Signor B., sagten wir uns abermals im Geheim, gewiß Sie senden die Büste eingepackt ins Vittoria-Hôtel, denn wenn sie gesehen wird möchten Sie die schönen Goldstücke zurückzahlen müssen. Nach fünf Minuten Aufenthalt geht der Lord, und der junge Vetter auch, beide ganz zufrieden, der eine mit Julius Caesar und der antiken Vase.

„Molto intelligente, questo Inglese" sagte Herr B., die Adresse des Engländers buchstabirend. „„Er scheint seine Ankäufe ganz auf guten Glauben zu machen,"" bemerkten wir. „Ja, schade daß er nicht italienisch oder französisch spricht, erwiderte Herr B., dann hätte ich ihm wohl bessere Dinge gezeigt als die er gewählt hat. Aber wissen Sie, diese Art Leute liebt es nicht wenn man sie in ihren Launen stört, sie denken, wenn man ungefragt Rath giebt, es geschehe aus eigennützigen Absichten." „„Ich möchte diese Vase da nicht für antik kaufen, oder für die Büste den zehnten Theil bezahlen."" O, erwiderte B., er kann das wohl thun, ein Engländer! und ihm ist sie auch werth was er bezahlt, denn warum kaufte er sie sonst? es hat ihn ja niemand gezwungen; er will nur ein Andenken an Italien haben." Ich wollte mir eben das Vergnügen machen zu hören wie Padre S., der vortreffliche Prediger, über diese Frage der Moral urtheile, aber als ich mich umwandte ihn anzureden war er verschwunden. Ich empfahl mich auch, und dachte auf meinem Heimwege nach, wie schnell doch in Italien schöne und populäre Predigten zum allgemeinen Nutzen verwandt würden.

Druck von Gebr. Unger (Th. Grimm), Berlin Friedrichstr. 24.

1869.